TRIP TRAED MOCH

MICHAELA MORGAN

Lluniau gan Dee Shulman

Story gan Michaela Morgan
Lluniau gan Dee Shulman

© Argraffiad Saesneg, Michaela Morgan 1996
ⓑ Argraffiad Cymraeg, Gwasg Addysgol Drake 2002
ⓑ Yr addasiad Cymraeg ACCAC

ISBN 0-86174-484-5

Cyhoeddwyd gan Wasg Addysgol Drake
Ffordd Sain Ffagan, Y Tyllgoed,
Caerdydd CF5 3AE
Ffôn: 029 2056 0333
Ffacs: 029 2056 4909
e-bost: drakegroup@btinternet.com
y we: www.drakegroup.co.uk

Argraffwyd yng Nghymru

Pennod 1

Dyma Rhys.

Rhedodd Rhys yr holl ffordd i'r ysgol.
Roedd hi'n ddiwrnod braf.
A dweud y gwir roedd hi'n:

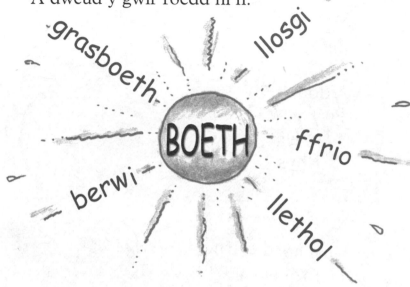

grasboeth

llosgi

BOETH

ffrio

berwi

llethol

Teimlai Rhys wres y palmant drwy
wadnau'i esgidiau. Teimlai'r awyr yn
drwm ac yn boeth ar ei ben.

Whiw!

Aeth i lawr y stryd.

pwff pwff
pwff

Aeth dros y bont.

pwff pwff
pwff

Aeth rownd y gornel a ...

← dyna'r ysgol.

A dyna lle roedd y bws.
Yn barod i fynd â
dosbarth Rhys i'r parc
fferm.

A dyna'i athrawes, Miss Chwip. Cydiai yn y gofrestr gan ei marcio fel roedd pawb yn mynd ar y bws.

Gallai Rhys weld Barri a Gari, Sali a Siw, Dilip a Dafydd, Debjani hefyd a Sioned a rhai o'r lleill, gydag amryw o famau yn helpu ac un neu ddau o'r athrawon.

Oedd, roedd pawb yno ac
roedden nhw'n mynd ar y bws.
"Hei! Arhoswch amdana i!"
sgrechiodd Rhys.

Ond yna caeodd drysau'r bws.
Chwyrnodd yr injan yn uchel.
Chlywodd neb Rhys ... ac i ffwrdd
â'r bws.

Pennod 2

Safodd Rhys ar y gornel. Roedd o eisiau crio. Beth ddylai o'i wneud?

Ddylai o fynd i mewn i'r ysgol?

Ddylai o fynd yn ôl adref?

Ddylai o aros ble roedd o?

Beth fedrai o'i wneud?

I bob golwg roedd Rhys ...

... allan o wynt,	yn anlwcus ac ...	... roedd pethau'n
		 DRAED MOCH

Oedden nhw?

Gwyliodd y bws yn mynd draw oddi wrtho.
Clywodd y plant yn gweiddi "HWREEEEEE!"
Ac yna ...

9

... gwnaeth y bws ryw sŵn
bach rhyfedd, pesychodd a...

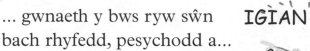

IGIAN

SSSSSTOPIODD

Agorodd y drws a daeth y gyrrwr a
Miss Chwip allan. Roedd golwg
blin ar Miss Chwip.
   "Peidiwch â phoeni,"
meddai'r gyrrwr. "Bydd yr
hen fws yma'n iawn.
Ddim wedi arfer efo'r gwres
yma mae o. Rho i ddiferyn
o ddŵr iddo. Wedyn bydd
popeth yn iawn."

Dim
problem!

Bachodd Rhys ei gyfle.
Saethodd ymlaen a
neidio i mewn i'r bws.

Sodrodd ei hun ar y sedd flaen yn fodlon.

Roedd Miss Chwip yn dal i ochneidio
a thwt-twtian wrth
ddod yn ôl i
mewn i'r bws.
Eisteddodd i
lawr ar
ei sedd.

Yn anffodus, dyna'r union sedd roedd Rhys wedi sodro'i hun arni.

AAAWWWTSSHH!

Roedd yn anodd dweud pwy sgrechiodd fwyaf.

Rhys efallai?

Y plant eraill?

Miss Chwip mae'n debyg. Saethodd hi'n syth i fyny i'r awyr, trawodd ei phen ar y to, ac yna trodd i weld beth roedd hi wedi eistedd arno.

Mae'n ddrwg gen i, Miss -

Damwain, Miss.

Gwridodd Rhys.

Symudodd i gefn y bws a gwasgodd i eistedd wrth ochr ei ffrindiau.

Tyrd ymlaen, Rhys!

Chwyrnodd yr injan eto. Symudodd y bws a gwaeddodd pawb -

Hwrê!

Ffwrdd â ni!

-Eto!

13

Pennod 3

Archwiliodd Dilip a Dafydd eu bocsys cinio. Archwiliodd Rhys ei fwyd *yntau*. Roedd wedi cael ei wasgu braidd wrth i Miss Chwip eistedd arno.

    Ceisiodd ei ddyrnu'n ôl i siâp.

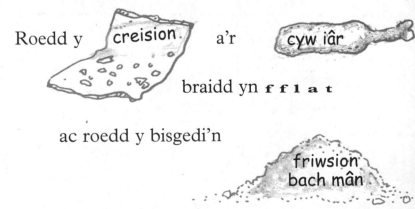

Roedd y creision a'r cyw iâr braidd yn **f f l a t**

ac roedd y bisgedi'n friwsion bach mân

Yn ffodus, fedrai hyd yn oed Miss Chwip ddim gwasgu can cola yn hollol fflat.

Roedd Rhys yn chwys domen wedi'r holl redeg.

Roedd o angen diod. Plyciodd y fodrwy i agor y can.

Wyddoch chi beth sy'n digwydd i ddiodydd ffisiog os cân nhw eu hysgwyd i fyny ac i lawr?

Wyddoch chi beth sy'n digwydd i ddiodydd ffisiog os rhedwch chi o gwmpas efo nhw?

Wyddoch chi beth sy'n digwydd os agorwch chi gan o ddiod ffisiog sydd wedi cael ei ysgwyd i fyny ac i lawr ar fws?

Digwyddodd.

Sshhh!

meddai'r can yn ddistaw fel petai'n ceisio dweud rhywbeth wrtho, ond daliodd Rhys ymlaen a ...

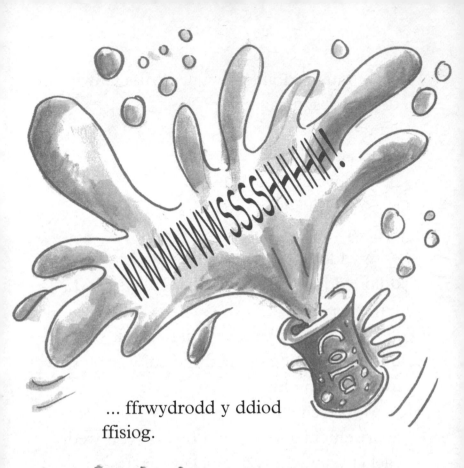

... ffrwydrodd y ddiod
ffisiog.

Be oedd hwnna?

Trodd Miss Chwip a gweld Rhys yn
eistedd mewn pwll o cola, â chan gwag yn
ei law.

Diferodd diferion olaf ei ddiod oddi ar flaen ei drwyn.

Ti wnaeth, Rhys?

Fedrai Rhys ddim gwadu.

Ochneidiodd Miss Chwip.

Mae popeth yn mynd o chwith iti heddiw, Rhys.

Eistedd wrth f'ochr i am weddill y daith.

Aeth Rhys i ben blaen y bws.
Rhythodd pawb arno.
Chwarddodd Sali.

Chwarddodd
Gari fel roedd
Rhys yn
slwtshian heibio.

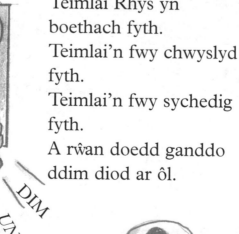

Teimlai Rhys yn
boethach fyth.
Teimlai'n fwy chwyslyd
fyth.
Teimlai'n fwy sychedig
fyth.
A rŵan doedd ganddo
ddim diod ar ôl.

Pennod 4

Roedd hi'n glòs ar y bws.

Dwi'n chwys domen.

DISGYBLU PLANT gan ROY PELTAN

Roedd cefnau coesau Rhys yn glynu ar y sedd, ond er hynny, eisteddodd yn llonydd a distaw wrth ochr Miss Chwip. Dechreuodd Sali ganu.

Ymunodd pawb, heblaw Gari.
Roedd o'n brysur yn bwyta.
Roedd o wedi llyncu:

bar o siocled

dwy fynsen

ei ddiod

a

bag o GREISION

Mmm

cyn i Miss Chwip sylwi arno.

Fyddai Gari byth yn cyffwrdd ei
frechdanau. Byddai'n eu ffeirio am
greision rhywun arall.

Roedd Sali a'i chriw yn canu:

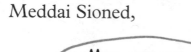

Ond wedi iddyn nhw gyrraedd fod y babi
eisiau nyrs, stopion nhw.

Meddai Sioned,

Mae canu yn
ddiflas.

"Dyma ni yng nghefn gwlad," meddai Miss Chwip.

Ond cyn bo hir cytunai pawb bron â Sioned.

Ond aeth y bws yn ei flaen, ac yn ei flaen ...

Pennod 5

O'r diwedd cyrhaeddon nhw

Gwgodd Miss Chwip ar bawb.

Allan â phawb a rhedeg o gwmpas.

Carlamodd Dafydd
i'r toiledau.

Brysiodd Sali i weld
yr ŵyn.

Oooooo!
Del!

Ond roedd Rhys wedi gweld
rhywbeth mwy diddorol o lawer.

Fan

HUFEN-IÂ

Rhuthrodd
ati a sefyll
mewn ciw

hir,
hir,
hir
iawn.

DYNION

O'r diwedd
cyrhaeddodd Rhys y pen
blaen ond gwthiodd
Gari o'i flaen.

Ga i dy greision di? Ffeiria efo fi!

Doedd Rhys ddim eisiau i Gari wthio i
mewn. A doedd Rhys ddim eisiau ffeirio'i
greision. Aeth yn dipyn bach o gwffas a ...

... gwylltiodd y dyn hufen-iâ.

Ti - dos i gefn y ciw!

Ac felly roedd Rhys braidd
yn hwyr

... a braidd yn flêr

a doedd o ddim

wedi plesio
Miss Chwip.

Cymerodd
Miss Chwip
wynt mawr.

O'r diwedd - cawn ni
gychwyn. Gwrandewch
yn ofalus. Mae Mr
Twmffat yn mynd i
sôn am wartheg a
defaid a geifr.

GWARTHEG, DEFAID A GEIFR
Y FFEITHIAU

Buwch

DAFAD

Pennod 6

Aeth pawb yn nes ac edrych ar Mr
Twmffat. Daeth amryw o ddefaid a geifr
yno ac edrych ar y plant.

> Y hy yhym-

"Ydi pawb yn gwrando?"
meddai Mr Twmffat. Nodiodd
pawb, heblaw Rhys.

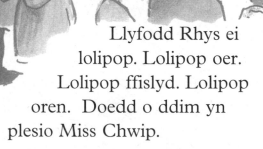

Llyfodd Rhys ei
lolipop. Lolipop oer.
Lolipop ffislyd. Lolipop
oren. Doedd o ddim yn
plesio Miss Chwip.

"Gwranda'n astud," meddai hi.

Dim gwingo, dim stwffio a DIM BWYTA!

Edrychodd yn gas ar Rhys wrth ddweud hynny.

Felly safodd Rhys mor llonydd a thawel ag y medrai o. Gwrandawodd yn astud iawn a daliodd ei lolipop y tu cefn iddo.

Ond er iddo wneud ei orau glas fedrai o ddim sefyll yn llonydd â rhywun yn

stwffio ac yn gwthio

y tu cefn iddo.

Ti sy'na Gari?

PWNIAD

Ssshh! Rhys -

Bydd yn llonydd!
Taw!

Gwnaeth Rhys ei orau, ond fedrai o ddim cadw'n hollol dawel pan deimlai rywbeth gwlyb rhyfedd yn cosi ei law.

O! Mae o'n cosi!

Gwnaeth Rhys ei orau glas, ond fedrai o ddim cadw'n hollol lonydd fel y teimlai rywbeth yn cosi ei ddwylo fwy a mwy.

Gobeithio nad ydi fy lolipop yn toddi.

A fedrai o ddim peidio â chwerthin pan welodd
Gari a Sali yn chwerthin hefyd.

Arhosodd Rhys
gyhyd ag y medrai
ond methodd
beidio â chymryd
llyfiad sydyn o'i
lolipop pan nad
oedd neb
yn edrych.

Yn anffodus, methodd beidio
â gweiddi'n uchel

Aaaaa!

pan
welodd ...

...bren lolipop.

Dyna'r cyfan o'i lolipop oedd
ar ôl.

O Miss -

- Mae o
wedi
toddi!

Nid wedi toddi mae o, Miss -

Yr afr yna sydd wedi ei fwyta!

Llyfodd gafr fechan ei gwefusau.

Symudodd tuag at y pren lolipop. Roedd hi eisiau bwyta'r pren hefyd!

Shiwiodd Mr Twmffat hi i ffwrdd.

DOS O'MA!

Safodd Rhys yn syllu ar ei bren lolipop.

Y math o bren â jôc arno oedd o, ond chododd honno ddim ar ei galon.

Edrychai mor ddigalon fel roedd gan Miss Chwip hyd yn oed biti drosto.

Prynwn ni un arall iti - Ble mae'r fan hufen-iâ yna?

"Dim ots, Rhys," meddai Dafydd.

Ond roedd ots gan Rhys. Ots mawr.

Pennod 7

"Gwena!" meddai Dafydd. "Cei di ddarllen y jôc ar dy bren inni."

Ochneidiodd Rhys a gwneud fel roedd o'n dweud.

Pam mae gwenyn yn hymian?

Achos dydyn nhw ddim yn gwybod y geiriau!

Gwyddai'r lleill yr ateb ac roedden nhw'n gwybod mwy o jôcs am anifeiliaid.

Sut mae geifr fel plant drwg?

Am eu bod nhw'n bwyta

dy lolipop di!

Meddyliodd Rhys am jôc newydd. Doedd hi ddim yn jôc am anifeiliaid, ond roedd hi'n jôc dda.

Pa dîm pêl-droed sy'n swnio'n debyg i hufen-iâ?

Aston Vanilla!

Felly roedden nhw'n cael hwyl nes y dywedodd Sioned ...

Mae jôcs yn ddiflas!

Pennod 8

Meddai Miss Chwip, "Amser ichi lenwi'ch holiaduron."

Roedd Rhys yn benderfynol o wneud yn dda.

Felly er bod Gari yn cadw reiat,

gweithiodd Rhys yn galed ar ei holiadur.

Hyd yn oed pan redodd dafad ar ôl Sali ...

gweithiodd Rhys yn galed ar ei holiadur.

A hyd yn oed pan geisiodd gafr gnoi ei gareiau,

gweithiodd Rhys yn galed ar ei holiadur.

Roedd o wedi llenwi'r bylchau
i gyd, wedi ateb y cwestiynau
i gyd ac wedi tynnu llun
eithaf da o hwyaden.

Tynnwch lun
hwyaden.

Rhowch enw iddi.
Nansi...
Chwili...

Felly roedd yn hen dro i'w bapur ...

faeddu tipyn a thorri tipyn.

A doedd hynny ddim yn plesio Miss Chwip o gwbl.

Yna, meddai hi, "Yn ôl i'r bws, bawb. Neu byddwn yn hwyr yn cyrraedd gartref."

Pennod 9

Roedd y bws yn boethach nag erioed. Roedd wedi bod yn sefyll yn yr haul drwy'r dydd.

O! Aww–

gwaeddodd Rhys wrth eistedd i lawr ar y sedd boeth.

Mae'n llosgi!

Tra oedd pawb arall yn canu neu'n chwarae 'Be wela i'n cychwyn efo ...', roedd Rhys yn gwylio i edrych welai o'r fan hufen-iâ.

Dyna hi!

Dyna hi eto, Miss!

Gawn ni stopio?

Ond ateb Miss Chwip oedd, "Na chawn wir! Mae pawb yn boeth ac wedi blino ac eisiau mynd adref."

Doedd neb wedi blino mwy na Rhys. Doedd neb yn boethach chwaith. Ac yn sicr doedd neb yn fwy sychedig. Ond ymlaen yr aethon nhw, nes dechreuodd y bws ...

.....hisian

a stemio

gwneud sŵn igian

a thagu

thagu

WWWWWSH

CLINC-CLONC

CLENCCCCCCC

Ac yna stopiodd.

"Nage," eglurodd y gyrrwr. "Mae'r *injan* wedi gor-dwymo am ei bod hi'n ddiwrnod mor boeth. Bydd raid imi nôl dŵr. Cerdda i i garej. Arhoswch chi yma yn y bws. Ddylwn i ddim bod fawr mwy na rhyw awr ..."

Griddfannodd y plant.

Griddfannodd y mamau.

Griddfannodd Miss Chwip hyd yn oed.

Yna ... "Mae gen i syniad," meddai Rhys.

Pennod 10

Gwelais i'r fan hufen-iâ yn ôl yn fan'cw -

Felly?

O, Rhys!

Betia i fod ganddo fo ddŵr!

Rhoddodd Miss Chwip ganiatâd i Rhys fynd â'r gyrrwr yn ôl at y fan hufen-iâ.

Tywynnai'r haul yn syth ar ffenestri'r bws. Ochneidiodd Miss Chwip. Ochneidiodd pawb.

Arhosodd hi a phawb yn y

bws chwilboeth

Gwingon nhw.	Arhoson nhw.

Chwyson nhw.	Gwylion nhw.

Ac yna ...

... daeth y fan hufen-iâ dros y bryn.
   "Diolch i'r drefn," meddai'r mamau.
   "Diolch i Rhys," meddai Miss Chwip.

"Estynna i'r dŵr yna ichi," meddai'r dyn hufen-iâ.

"Pethau pwysicaf yn gyntaf," meddai Miss Chwip. "Dwi isio prynu lolipops oer, hyfryd i bawb. Rydych chi i gyd yn haeddu un ..."

Pawb ond Rhys.

Dydi Rhys ddim yn haeddu un.

Mae'n haeddu dau.

HWRÊ!!!.

bloeddiodd pawb - ond Rhys.

Roedd Rhys yn rhy brysur yn llyfu   ei

lolipop bendigedig o oer, hyfryd, o oer, ffantastig o oer!

Pennod 11

Felly ar ddiwedd y dydd cyrhaeddodd
pawb gartref yn ddiogel a doedd neb yn
hwyr - diolch i Rhys. A chyfansoddodd
Miss Chwip a ffrindiau Rhys i gyd gân i
ddiolch iddo.

Am yr awdur

Dyma'r ail stori imi ei hysgrifennu am Rhys, gyda lluniau gan Dee Shulman.

I blasty yr aethom ni ar fy nhrip ysgol cyntaf i. Buon ni ar y bws am hydoedd, ond anfonwyd ni adref ar frys y munud y cyrhaeddon ni, oherwydd inni gasglu blodau o'r gerddi.

I waith carthion yr aethon ni ar yr ail drip. Bu'n bwrw glaw drwy'r dydd. Felly roeddwn wrth fy modd yn ysgrifennu stori am drip ysgol gyda diwedd hapus. Mwynheais i sgwennu am Rhys eto.

Llyfrau Brig y Goeden yng Ngham 12:

Pecyn A	*Sami Sgrap* gan Carolyn Bear
	Robin Woods a'i Ddynion Llon gan Michaela Morgan
	Boris y Bochdew gan Pippa Goodhart
	Esgidiau Glas gan Angela Bull
	Y Datgelwr Celwyddau gan Susan Gates
	Trip Traed Moch gan Michaela Morgan
Pecyn B	*Yr Anrheg Ben-blwydd Ofnadwy* gan Angela Bull
	Cranwen Grachaidd gan Pippa Goodhart
	Pasia'r Bêl, Tad-cu gan Debbie White
	Tipyn o Boendod gan Michaela Morgan
	Shelley Holmes Ditectif Di-ail gan Michaela Morgan
	Dyma Drwbwl gan Tessa Krailing
Pecyn C	*Ffasiwn Steil!* gan Michaela Morgan
	Lwc Luc gan Paul Shipton
	Ffoniwch 999! gan Sylvia Moody